# 삶이 익으면
# 모두가 부자

류동열 시집

시음사
시사랑음악사랑

QR코드 스마트폰으로 QR 코드를 스캔하면
시낭송, 노래를 감상할 수 있습니다

본문
시낭송
감상하기

 제목 : 앵두
시낭송 : 박영애

 제목 : 떠나간 사랑
시낭송 : 박영애

 제목 : 변명이라는 죄
시낭송 : 최명자

 제목 : 내게 쓰는 가을 편지
시낭송 : 박영애

 제목 : 삶의 길목에
시낭송 : 박영애

시인은 자연을 이야기하고 시낭송가는 자연을 품었다
글자는 날개를 달아 언어로 날고 소리는 자연에 눕는다

# 시인의 말

나의 삶은 모든 것이 늦깎이다.

대학 공부도 늦게 시작했고

결혼도 같은 또래보다 한참을 늦게 했고

글 쓰는 것도 환갑이 다 되어서야 시작했다.

사회생활은 초등학교 마치고부터 시작했기에

다양한 경험이 있으며 삶의 경험도 풍부하다.

이렇게 저렇게 글 적을 거리도 많다고 생각을 해본다.

뚜렷하게 잘 적지는 못하지만 그렇저럭 기분을 내는

편이다

詩를 적거나 수필을 쓸때면 세상이 모두 내 것이다.

이 순간은 황홀경에 있고 순간을 벗어나고 싶지 않은

순간이기도 하다. 잠깐 틈을 내어 글을 쓰는 오늘이

매일같이 충분한 시간이 주어지지는 않겠지만.

오래오래 지속하였으면 좋겠다.

행복하다.

시인 류동열

# * 목차 *

# * 목차 *

## \* 목차 \*

## ＊ 목차 ＊

# 앵두

토끼 눈을 닮았나
예쁘다
조그마한 나무에 조롱조롱
속이 훤히 보일 듯 한
맑고 깨끗한 빨간 보석이다
한 줌 훑어
한입에 톡 넣으면
새콤달콤
형언할 수 없는 맛
온 가슴이 짜릿짜릿
온몸에 느껴오는 전율이
앵두의 찐 사랑인가 보다.

제목 : 앵두
시낭송 : 박영애
스마트폰으로 QR 코드를 스캔하면
시낭송을 감상할 수 있습니다

# 우리의 영웅 마스크

지구촌의 감염병 코로나로부터
슬픔
고통
두려움
죽음을 지켜주는 너

희생
사랑
헌신
희망의 영웅이 된
당신이 있어 참 다행입니다.

# 새벽을 연다

먼동이 트기 전
하늘이 잠을 깨기 전
구름이 눈을 뜨기 전
들려오는 바람 노래에
샛별은 환영 인사를 한다

고요함 속에 찾아든 행복
긴장 속에 세상을 열고
이른 길 나서는 기운찬 시작
붉게 타오르는 태양의 열정에
발걸음 가볍게 오늘을 간다.

# 빛과 그림자

세상에 재앙이 몰려와
사람이 죽음으로 떨어져도
지구는 중병으로 꿈적 않음은
나로 인한 자업자득임을 깨달았으면

공기가 맑아졌다는 소식이 있지만
지구촌 재앙으로 경제활동의 둔화와
거리 두기와 자가격리로 사회활동의 자제
차량 운행 절제는 매연 감소의 원인이 되었다

코로나는
빛과 그림자의 관계인가
슬픔과 기쁨의 관계인가
생과 사의 관계인가
참으로 오묘한 관계이다
고통의 숲에도 빛이 드리우고
이면의 삶에 희망이 있어 기쁘다.

# 겨레의 별이 되소서

저 낮은 곳에서
祖國의 부름에 답으로
한마음 드려 빛이 되신 넋이여

사랑했던 부모
사랑했던 가족
사랑했던 사람
사랑했던 벗을 뒤로하고

산야
높고 낮은 곳 누비며
대한을 범한 무리를 찾아
한목숨 내어 가슴을 방패로
祖國을 守護 무궁화로 피어났습니다

맨손의 육신은 산화하여
방방곡곡에 塵土가 되었고

겨레의 꽃이 되어 민족의 혼
아름다운 금수강산 가슴속에
영원무궁 별이 되었습니다.

# 용서

희망을 보았다
길잃은 나그네가 빛을 보듯
작은 것에서 존재가치를 찾는 맨눈으로 볼 수는 없는 사랑

살아 꿈틀거리는 생물 빛으로 생겨나고
빛의 옷을 입고 빛을 내는 행복한 삶
주어진 오늘을 곱게 가꾼다

마음을 낮추는 겸손함
고통이 가득해도
슬픔이 가득해도 평온함

모두 다 내려놓을 수 있는 용기
깊은 가슴에서 나오는 아름다움
나를 이길 수 있는 인내
사랑으로부터 오는 뜨거운 격려

사랑받을 수 있는 조건
베풀 수 있는 자신감
뜨거움이 살아 있는 마음이
천상의 문을 여는 열쇠이다.

# 떠나간 사랑

소나기가 내리듯
쉼 없이 내리던 사랑은
안개가 되어 바람 따라 훨훨

잡을 수 없는 세월의 그늘은
자꾸 짙어지고 아쉬움이 되어
어제의 너를 기억하게 한다

잊어야 하나 뒤를 돌아보며
하나하나 헤아려 보았지만
멀어져 가는 너는 잡을 수가 없다

꿈속에서나 손을 잡아 볼까
크게 손을 벌려 보았지만
허우적거리는 텅 빈 가슴에는
어제의 기억만이 채워진다.

제목 : 떠나간 사랑
시낭송 : 박영애
스마트폰으로 QR 코드를 스캔하면
시낭송을 감상할 수 있습니다

# 코로나와 동거

마스크 덮어쓰고
숨 쉼이 힘들어도
어떻게 할 수 없는 상황
누구에게도 원망할 수 없다

이웃에게 불편이 없을까 하는
노심초사 미안하고 죄송한
그래도 벗을 수가 없는 상황이다

답답하다 불편하다
어쩔 수 없는 오늘이 서글프다
그냥 떨쳐내고 싶은 심정
밉다며 가라고 밀어내도

점점 더 견고히 자리하는
두려움
고통
슬픔을 보너스로 주는
네놈이 싫다 싫다.

# 변명이라는 죄

고리가 아닌 열쇠가 되어
자물쇠를 풀고 해방을 맞이해보자

마음의 짐은 만병을 얻고
가슴의 한은 화병을 낳는다

마음을 열면 만사형통
가슴을 열면 언제나 부자

넓은 마음은 사랑을 낳고
깊은 가슴은 세상을 품으며

묶인 마음은 원망 속에 살고
열린 가슴은 긍정 속에 산다.

제목 : 변명이라는 죄
시낭송 : 최명자
스마트폰으로 QR 코드를 스캔하면
시낭송을 감상할 수 있습니다

# 꽃비야 오너라

가뭄 속 꽃비
한 물 꺾인 폭염
여름이 가셔지는 상쾌한 아침이다

두근대는 오늘의 기적
새날을 맞이하는 감격
기대되는 축복의 시작에
빛바랜 어제는 씻겨 나갔으면 좋겠다

아무도 대신 할 수 없는
주어진 일상 소중한 것에
하나하나에 이름을 붙이며
희망의 염원을 맞이하는 걸음은 가볍기만 하다

하늘에서 주시는 굵다란 빗물
은총이 되어 꽃을 피워내는 순결은
질펀하고 풋풋한 마음을 숨을 죽이게 하고
행복한 삶을 향하는 너의 길에 꽃이 되어
언제나 아름다운 생이 되라 한다.

# 달그림자

어둠을 가르는 빛은
세상을 가로막은 장벽을 쉼 없이 지워 없앤다

온 힘을 다해 싸워 내는
긴 시간에 부담이 갔던지
힘이 드는지 떠날 채비를 한다

누가 가라고 밀지도 않는데
구름이 짙게 덮이며 빛을 잃어가고
세상은 아우성 어둠의 장벽을 벗기려 한다

멀리 떨어져 따라가는 기다란 꼬리
지친 몸 가누질 못하는 자신
잠시 머물다 간다고
애써 아쉬움을 감추고 있다

내일 또 나와야 한다는 것에
작별 인사도 없이 그림자만 길게 남기며
왔던 곳으로 돌아간다.

# 반 토막

반 토막이 날아갔네
어떻게 하다가 그렇게 되었는지
다시 찾아올 수도 없고
누구더러 내놓으란 말도 할 수 없는
그간 잘 살았는지 기억도 없다
가지 말라고 애원하고 매달려도
뭔가 후해가 되는 순간들이
부족했던 많은 것들이 가슴을 스친다
채워지지 않았지만, 어제는 가야 한다고
이렇게 저렇게
올해도 반 토막이 지나갔다
참으로 긴장되는 7월이다.

# 삶이 익으면 모두가 부자

하늘에서 비가 내렸습니다
꽃비가
금비가
은비가
동비가
그리고 소낙비도 내렸습니다

금, 은, 동 그리고 소낙비
모두에게 적당히만 내린다면
모두에게 공평하게 내린다면
온 누리가 평화로울 텐데
다툼도 없고

이렇게
저렇게
삶의 무게를 달아보면

무겁고

가볍고

힘들고

고통스럽고

아름답고

슬프고

시련이란 게 있지요

하나도 등질 수 없는

하나도 버릴 수 없는

소중한 내 동무이지요

모두가 겪고 살아야 할

오늘의 등짐이 아닐는지요.

# 숨을 쉬는 꽃

아름답다고 꽃이라고
향기가 난다고 꽃이라고
사람에게 맛있는 꿀을 준다고

세상에 행복을 채워준다고
세상을 아름답게 가꾸어준다고
그래서 꽃인가 보다

이런 사람을
항상 웃음이 가득한 사람
사랑 실천을 할 수 있다면
희생할 줄 아는 사람이라면
이웃을 내 몸같이 사랑하는 사람이면
용서를 할 줄 아는 사람이라면
敵을 두지 않는 사람이라면
많은 사람에게 희망을 주는 사람이면
이런 사람을 선한 사람
아름다운 사람이라 한다

이런 사람은 숨을 쉬는 꽃이다
이런 사람은 삶 속에 항상 향기를 낸다
이런 사람은 살아 있는 꽃이다.

# 구름이고 싶다

아무도 오지 않는 곳으로

오늘을 떠나고 싶다
바람에 이끌리는 구름이 되어
물가 떠내려가는 낙엽의 자유로움을
째깍거리는 세월의 흐름에 귀를 막고
들새들의 노랫소리 장단에 춤을 추고 싶다

산꼭대기 나무가 되어
왔던 길 둘러 뒤돌아보며 想念에도 잠기고 싶다
얽히지 않는 하루이면 좋겠다

시간은 주인이 없고
세월의 공간도 임자가 없는
쉬엄쉬엄 지나가는 바람의 품에 안겨
등짐 없이 길 나서는 나그네가 되고 싶다

막힘 없이 길 떠나가는 구름
청년 구름이 되고 싶다.

# 날개를 다시 펴자

하루를 마무리하면서 허전함은 무엇인가
부족한 것에 뭔가 있었으면 하는 아쉬움
가슴이 답답함을 느낀다

하늘과 땅은 비가 온 뒤라
세상이 깨끗하게 변하여 짐을 보며
아직도 내겐 새 희망이 있을 것 같다

하늘 구름 억센 힘의 유영
天地를 삼킬 듯 휘몰아 돌며
숨죽이는 푸른 초목을 춤추게 하여
젊은 날 청년으로 돌아가 날 내려놓는다

이제 청년이 된 지금
어제는 큰 꿈이어라
내일은 희망이어라

내일은
더 떨어지지 않으려는 날갯짓
온 힘을 다하여 힘차게 하련다.

# 길을 막은 코로나

마스크 속 세상
바람 따라 지구를 몇 바퀴
코로나의 두려운 힘
결국은 나라 길을 막는구나

구름이라도 타고 갈까
돌다리라도 놓고 갈까

어쩌나 갈 수 없는
아쉬움 그리운 얼굴
눈에 아른거리는 안타까움
이 서글픔 어찌 할 수가 있을까

비 온 뒤 땅이 굳는다고 했는데
지구촌에 큰 상처는 어찌 될까
담엔 고운 모습으로 뵐 수 있을까
가슴을 촉촉이 젖게 하는 코로나가 밉다.

# 소낙비가 온다

시원하다
차갑다
아프다
소리도 요란하다
가슴이 텅 비어 있으니 그런가 보다
빈 양동이를 두드리면 소리가 크게 난다
세상 삶에 꼼수 쓰는 사람들
목소리가 큰 것이 빈 양동이를 닮았는가 보다

소낙비는 내리다가 그치고
볕을 보이다가 또 내리는 변덕이 죽과 같다
신나게 두들겨 반 죽여 놓고 모른 척
언제 그랬냐 한마디 사과도 없는
뻔질나게 잘도 변명을 내놓는 사람
흙탕물에 처박힌 민초는 안중에도 없다

살다 보면 이런 일 저런 일이 많이 생긴다
선하게 살려고 하면 선한 일이 생기겠고
나 혼자 잘 먹고 잘살려 하면 너는 봉이 되며
모두 함께 살려고 하면 모두가 부자이다

한 그릇의 밥에 여럿의 숟가락 싸움
양보도 없고 사랑도 없고 상처만 내는
힘으로 역행을 하는 우리네 사람

식구들 잘 먹이려는 생각은 이해한다만
아까운 양식만 축내는 잘못을 범하지 않길
오늘도 쉼 없이 소낙비는 소릴 지른다.

# 한 번의 그림

긴 여정을 함께 했던
애끓은 삶의 긴장 속에
틈새의 사간은 참으로 소중했습니다

어둠이 시작되는
초저녁 노을을 맞이하기까지
한 아름 행복의 맛을 보았고

어제는
우산으로 가슴으로
막을 수 없는 큰비가 되어 오더니

새하얀 하늘의 아름다움
한숨 마음을 그림으로 그리는
촉촉한 사랑이 되었습니다

만남의
아름다움 속에 채워진 소중한 시간
큰 바구니에 가득 담았습니다

멀리 떠나야 하는 임의 사랑을
오래도록 가슴에 간직하고 싶었습니다.

## 말씀의 열매

맨 처음 하늘이 열리며
말씀은 바람 타고 세상에
사람의 가슴에 내렸습니다

소리 없이 다가오는 말씀의 열매
잔잔한 호수 마음의 진 밭에
믿음으로 새롭게 태어납니다

빛이 되어라
너는 별이 되어 길을 열고
너는 달이 어둠을 밝히고
너는 해가 되어 세상을 밝혀야 한다

말씀은 사랑이 되어
길을 열고
어둠을 밝히고
빛이 되어
사람들 마음속에 오래 머무를 것입니다.

# 이런 삶이면 어떠할까

삶이란
참으로 어려운 과제이다
바람처럼 부딪히며 끌려가는 사람의 生
순번도 없이 때가 되면 흙으로 돌아가는
우주의 난간에서 언제 떨어질 줄 모르는데
어떻게 사람을 수월하게 판단할 수가 있을까
지지고 볶고 코피 터지고
욕먹고 미움도 받고 사랑도 하며
서로의 심성은 헤아릴 수 없다고 하지만
큰 가슴 열고 많이 만나야 한댜
숨김없는 마음으로
제 것 있는 모든 것을 내놓고
네 맘대로 뜯어 먹으라 하고
조금 남겨 놓으면 좋은 사람
하나도 안 남겨 놓으면 안 좋은 사람
더 보태 주면 믿을 수 있는 사람
사랑도 물 폭탄이 되면 쓰고
소낙비가 되면 차갑고
이슬비가 되면 포근하다

평생을

이렇게 살고

저렇게 사는 것

어려운 이웃에 손 내미는

받은 것에 더 보태주는

고마운 사람이면 어떨까.

# 지구가 눈물을 흘린다

먼 하늘 끝에서 들려오는 울음소리
지구의 맨 아래에서 들려오는 아우성
지구의 맨 꼭대기에서 들려오는 비명
지구의 한 가운데에서 쏟아 놓는 한탄
아, 덥다

지구촌의 온난화가 깊어가고
시간이 지날수록 무더위는 더해가고
이곳저곳에 물벼락이 내려오고
사람이 발 내디딜 땅이 없어질까
사람이 땅을 걷는 것이 기억에서 사라질까
아, 두렵다

지구촌은 물바다
지구촌은 무더위
지구촌은 메마름
지구촌은 사막화
지구촌은 비닐 천국
지구촌은 쓰레기장
아 가슴이 아프다

비 폭탄이 쏟아진다
온 세상이 물바다
댐이 무너진다
강물이 소리 지른다
산이 내려앉는다
강둑이 무너진다
田畓이 호수가 되었다
내 집은 물 위에 지붕만이 둥둥거린다
아, 슬프다.

# 포도 가족

하늘의 뜻에 따라
아들딸 수북하게
많이도 매달아 났구나

하늘을 닮이 짙푸른 몸
하얀 분칠 곱게 하고
색시 기다리고
신랑 기다리는 아들딸들
참으로 아름답다

다복한 가정
多 쌍둥이 가정
뗄 수 없는 신뢰 속에
새콤달콤 깊은 애정
더없이 화목합니다.

# 삐뚤삐뚤 삐뚤

하나

둘

셋

모두가 삐뚤삐뚤

머리도 삐뚤

가슴도 삐뚤

생각도 삐뚤

마음도 삐뚤

옳은 것도 삐뚤

잘난 것도 삐뚤

못난 것도 삐뚤

예쁜 것도 삐뚤

착한 것도 삐뚤

미움도 삐뚤

사랑도 삐뚤

용서도 삐뚤

삐뚤삐뚤 삐뚤

세상 많은 것이 삐뚤삐뚤

바로잡아 보자 삐뚤삐뚤.

# 여기에 있다

바람이 불어도
폭풍이 온다고 해도
비가 오나 눈이 오나
묵직한 바우로 여기에 있다
존재의 가치는 하늘에 매어놓았다
여기에는 가족이 있고
이웃이 있으며
사랑하는 벗들이 있다
삶이 힘들어 어려울 때
큰 사랑은 동행을 주었으며
슬픔이 있으면 위로를 해주었다
고통이 있을 때 나눔을 주었고
희망이 있고
사랑이 있는
여기에 뿌리를 두었다.

# 길 잃은 샌님

세상이 요지경이다
한없이 부족한 나에게 시비를 거는 것인지
네 놈 나보고 또라이란다
땅만 쳐다보고 사는 나에게 할 말 좀 했다고
누구든 감투를 쓰면
감사하고 고마워해야 하는데
큰 감투 하나 썼다고
먼 힘이 된다고 모가지 깁스하고
제목 꺾어지는 줄 모르고 힘 만주다가
실제로 부러지면 어떻게 할는지 걱정이 된다
위에는 어른 계시고
옆에는 이웃이 있고
뒤에는 가족이 있으며
앞에는 백성이 있는데
숨 좀 죽이고 살면 좋겠다.

# 바람개비가 돈다

뱅글뱅글
쉼 없이 제 세상을 돈다
바람과 함께 바람개비가 돈다
한 바퀴 돌면 모난 세상
두 바퀴 돌면 둥근 세상
세 바퀴 돌면 고운 세상
이렇게 세상은 돌고 돈다

쉬지 않고 돌다 보면 모두가 제자리
바람 불면 뱅글뱅글
세월 따라 함께 가고
한숨 틈도 없는 돌고 도는 인생
언제나 제자리 희망에 취해보자

돌고 도는 바람개비 인생
사랑도 돌고
행복도 돌고
너도 돌고 나도 돌고
뱅글뱅글 바람개비가 돈다.

# 희망은 있다 내일은

하루를 맞이하고
오늘을 돌아보니
뚜렷한 보람없이
마음만 무겁구나

달님이 빛을 준들
캄캄한 내 마음은
별빛만 못하지만
가슴은 평화롭네

부족한 어제의 삶
위로는 없다 해도
희망에 꿈을 담아
시련을 품고 싶다.

# 기적의 향기를 입는다

새하얀 아침을 맞이하며
오늘도 기적의 갑옷을 입었습니다
지난 시간은 기억 속에 메어 넣고
신뢰의 마음으로
사랑의 가슴으로
뜨겁게 봉사하는 것
공짜로 공기를 마시며 숨 쉬는 것
긍정의 가슴으로 출발
사랑하는 가족의 웃음소리를 들으며
이웃과 정겨운 만남
어느 곳이든 갈 수 있는 여유로움
찬란한 태양을 맞이하는 힘찬 발걸음
한 잎 낙엽의 자유로운 여유
푸른 하늘 구름의 평화
넓게 펼쳐지는 대자연의 향기
꽃과 벌, 나비가 내놓는 사랑의 나래
고통도 희망으로 길을 가는 행복
세상을 여는 아기의 울음소리
붉은 노을이 전해주는 기다림.

# 시간의 종

시간이라는 것이 나를 묶어났네
쇠사슬보다 튼튼한 줄
너도, 나도 끊을 수가 없습니다
바람처럼 구름처럼 떠나는
방랑자 철새이면 몰라도
사람은 시간의 종입니다

도망을 갈 수 없으며
어디에 숨을 수도 없습니다
어떤 재주도 벗어날 수 없는
참으로 안타까운 삶의 현장
꼼짝없이 모두는 시간의 종입니다.

# 福 찾아 삼만리

福 받으세요
세상에 둥둥 떠다니는 바람 같은 福
일상생활에 함께하고
일거일동에 생사고락 하는 참으로 좋은 친구다

우리는 그 좋은 친구를
느끼지 못하고 무관심 속에 세상을 맞이하고 있다

사람들은
福을 얻으려고
福을 받으려고
福을 찾으려고 안달이다

福을
얻고
받고
찾고
참으로 어려운 선택이다

福은

생각에 있고

마음에 있고

가슴에 숨어 있다.

# 이렇게 살게 하소서

아침에 두 눈을 뜰 수 있는
기적을 감사하게 하소서
건강한 몸 늘 간직하게 하소서
긍정의 마음을 갖게 하소서
주어진 삶에 최선을 다하게 하소서
이웃에 고마움을 간직하며
베푸는 삶이 되게 하소서
사랑을 실천하며
희생할 줄 아는 사람이 되게 하소서
행복을 나누게 하소서
용서하는 자 되게 하소서
시련을 두려워하지 않게 하소서
뜨거운 마음으로 봉사하게 하소서
가족을 아끼고 사랑하며
이웃을 사랑하게 하소서
나를 사랑하며
나라를 사랑하게 하소서.

# 길 잃은 나그네

빛 잃은 하늘
구름 속에 나를 묻고
혹시나 소나기라도 내일까
우산 없는 두려움

먼 하늘은 볕이 보이는데
여기에는 검은 구름이 가득
한숨, 한숨 쉬어가며
힘들게 오늘을 세운다

길가 작은 돌도 여유를 누리고
스치는 바람도 솜털이 되어
잠자는 풀잎을 춤추게 하는
아름다운 세상에

언젠가 돌아갈 그곳
한걸음에 달려가고 싶지만
허리춤을 잡는 언사람 기다리라 한다.

# 奉仕하는 사람들

힘이 남아돌아서가 아니다
돈이 많아서도 아니다
시간이 남아서도 아니다
능력이 있어서도 아니다
누구에게 잘 보이려고도 아니며
순수한 열정이다
뜨거운 사랑이다
나눔의 마음이다
고통의 분담이다
나를 필요로하는 이
마음을 부르는 곳으로 달려가는
뜨거운 가슴을 나누는 사람이다.

# 낙엽의 마음

힘이 다해
하나둘 떨어지는 낙엽
달콤했던 푸른 청춘
아름다웠던 삶을 뒤로하고

길가 이리저리
바람 따라 뒹구는
보잘것없는 낙엽

나무에 붙어 있을 때
폭풍도 견디어 내었고
뜨거운 햇볕도 참아 내었고
목마름 고통도 이겨내며 인내했던
지난날이 있었음을 기억해 본다

한 줌 흙으로 돌아가는 오늘
서러움이 앞을 가리지만
그래도, 그래도 행복했었다고
바스락바스락 소리를 낸다.

# 한가위를 닮아 보자

달도 크다고 했다
모두는 마음이 부자다
큰 생각에 이르는 보름
가슴 넉넉히 품어 보자

온몸이 보름처럼
환하게 빛을 내는 한가위가 되어보자

가진 것이 있다면
내놓을 수는 있기에 한 줌 나누어 보자

빛을 내는 보름
빛을 내는 사람
빛을 나누는 사람
어둠을 밝히는 커다란 빛이 되어보자.

# 나락을 닮아 보자

가을이 익어갑니다
사람도 익어갑니다
나락은 익어가면 고개를 숙이는 데
사람은 그렇지 않은 듯 합니다
사람은 익어가면 갈수록
뻣뻣해지는 것은 무슨 연유일까요
아직 설익어서 일까요

너도
나도
모두가 누렇게 익어
겸손한 나락을 닮아야겠습니다.


* 나락 : 벼

# 봄

새봄이 왔다
세상이 문을 열었다
희망의 나래를 펴자
새 생명을 맞이 하러 가자
가슴을 크게 열어
소망
축복
기쁨
평화
행복
사랑이 시작되는 봄을 맞이 하러 가자.

# 갈비

갈비가 오네
이제 추워지려나 보다
그냥 이대로가 좋은데
아직 갈 단풍 색동이 좋은데
큰비는 아니지만
걱정이 된다
추워질까 봐
단풍이 다 떨어질까 봐
가을이 멀리 떠날까 봐

틈 없는 하루가 힘은 들지만
왠지 이 가을을
떠나보내기가 더 힘들다
이 가을이 떠나면
아름다운 단풍이 떨어지면
나도 조금씩
차가운 역사 속으로 떨어지겠지.

# 시간이 주는 선물

어제는 따뜻한 봄
오늘은 무더운 여름
조금 있으면 가을이 아름답게 익어갑니다

돌이킬 수 없는 파란 시절
뒤돌아보면 볼수록 가득한 미련

파릇파릇한 젊음
피고름 나는 삶에
굳은살이 생겨나고
하나 한가지씩 마무리하며
허리 굽는 소리 찌이익
무릎 펴는 소리 뚝, 뚝
아프지만, 시간이 내리는
소중한 선물이기에 감사합니다

허름하고 지친 가슴 활짝 열어 보면
그래도 부족하지만, 열심히 살아 온
너를 크게 얼싸안고 싶다.

# 내게 쓰는 가을 편지

가을이라
계절이 계절인 만큼
온 천지 낙엽투성이다
길바닥이고
도로이고
우리 집 마당이고
골목에도
뭔가 이유가 있는 걸까
무슨 의미를 두는 듯한
왜 낙엽과 실랑이를 벌여야 하나
낙엽 속에 묻혀 살아야 하는지를

아,
내가 낙엽이라면
나무에 붙어 있질 못하고
천 길 낭떠러지로 떨어지며
온천지 나뒹구는 낙엽이라면

나도 낙엽처럼 될 수가 있고
나락으로 떨어지는 내가 될 수 있음을
더 늦기 전에 정신을 차려야겠다.

제목 : 내게 쓰는 가을 편지
시낭송 : 박영애
스마트폰으로 QR 코드를 스캔하면
시낭송을 감상할 수 있습니다

# 한 말씀

듣고 싶은 한마디
행복하세요
사랑합니다
고맙습니다
덕분입니다

용서를 구하는 한마디
죄송합니다
잘못했습니다
용서해 주십시오
제가 부족했습니다

격려를 해주는 한마디
수고 하셨습니다
애쓰셨습니다
고생하셨습니다
힘내세요
참으로 잘하셨습니다

말씀 한마디가
천 냥 빚을 갚는 속담이 있다

이제 마음에 심어보자
고맙습니다
잘못했습니다
애쓰셨습니다
사랑합니다.

# 밥알이 노래한다

보릿고개를 넘을 때
배고픔에 속이 아려 아리랑

삶의 고달픔 무거운 등짐
뱃속에서 꼬르륵꼬르륵
힘내라, 힘내라고
응원하던 때가 있었습니다

뼈가 닳아 삐걱삐걱
어렵게 살아왔던 어제의 삶이
의미가 없는 듯한 현실입니다

가슴으로 살았으면 하는데
주머니 속에는 주먹만이 쥐어지고
헛침 튀는 말씀만 들립니다

옛 어른들
콩 심은 데 콩 나고
팥 심은 데 팥이 난다고 했는데
오늘이
夕陽을 맞이하며 한마디
이제 그 말은 옛말이 되었다고 합니다.

# 사랑

살짝
따뜻하게

말없이
나도 모르게

가슴을
열어 놓고

너를
닮아 가는 것

# 敍事

가볍게 가고 싶은데
너만 보며 가고 싶은데
주머니에 가득한 돌멩이
덜그럭덜그럭 주먹에 힘이 돈다
등에는 맷돌이 어깨를 누르고
가슴은 구멍이 뻥 뚫려
바람이 소리를 지르는데
어찌 가볍게 삶을 가야 하나
무엇에 의미를 두어야 하나
높은 담장
비포장도로
높기만 한 고갯길
위정자들의 獨善(독선)
내 소리는 늘 메아리인데
어찌 주어진 길을 가겠나
칼바람이 가슴을 찌르는데
어떻게 주어진 삶을 살겠나
그래도
너만 보고. 가야지.

# 화초의 피난살이

화초가 피난 왔습니다
마당 모퉁마다 내 자리인데
체면 불고하고 피난을
어제까지 내내 허전한 곳에
주인 노릇을 했는데

갑자기 쏟아지는 칼바람
아무리 비닐 옷 겹겹 입어도
오한이 덜덜 얼음장 되어
버틸 수가 없는 미약한 목숨
방구석에 자리를 잡았습니다

벌 나비는 멀리 떠났지만
따뜻한 온기 세상을 품어
살짝 들어오는 햇볕 사랑에
오늘도 파란 젊음을 뿜어냅니다.

# 아름다운 시작

냇가에 모래알이
물결 따라 이리 저리 유영을 한다

이리 갔다
저리 갔다
힘 하나 안들이고 물결 따라

그리고 원망을 한다
왜 나는 약하고 힘이 없을까
왜 끌려다니기만 할까
제가 태어난 곳을 모르는지
제 초라함을 한탄한다

말씀이 들렸다

애야

너는 세상에서 가장 무겁고

힘이 센 바위였다는 말씀이 들렸다

너는 세상의 고통과 시련을

몸으로 부딪치며 탄생했다고


세상의 모든 건물은

너의 몸으로 이루어 졌다고.

# 새해 첫날

새해
새벽하늘과 만남
참으로 아름다웠습니다

빛으로의 시작
빛으로의 인사
하늘에서 붉은 빛을 내리니
너는 땅에서 하얀 빛을 나누라 한다

많은 사람
무슨 생각으로
무슨 마음으로
새해 첫 빛을 맞이 할까

무엇을 바라며
무엇을 소원했을까
하나 같이 모두가 두 손 모으고
떠오르는 해님을 향하고 있다.

# 하늘 엄마

고요한 성당
바람 소리도
숨소리도
어제의 메아리도 없는데
놀러 온 동네 아이들 재잘재잘
잠자는 성당 마당을 깨운다

오가는 교우 계시질 않고
큰 성당 저 모퉁이에 홀로 계시며
누가 오려나
애타게 기다리시는 하늘 엄마

마당은 고요만이 자릴 지킨다
휘이이잉 바람이 운다

어디에 있니
어디에 있나 얘들아
어서 오너라
보고 싶구나

엄마는 기도 하십니다.
오늘도,

# 어제 바람의 노래

가지마소
우릴두고 가지마소
어델 어찌 가시려 하오
이렁 저렁 몇 해 지나가고
정도 많이 들었는데
가지마소
가지마소
앞마당에 참새들은
어찌하고 가려하오
넓게 내린 낙엽되어
바람 따라 가지마오
이내사랑 덜 주었소
우리 사랑 덜 내었소
가지마소
가지마소
실뿌리가 어른 되어
효도 많이 할 때까지
가지마소
가지마소.

# 내일은 내일에

알차게 살아도
열심히 살아도
오늘도 답이 없는가

슬픈지
기쁜지
가슴이 아픈지
갈수록 무뎌져 가는 마음은

뉘엿뉘엿 넘어가는 노을에
내일의 무거운 짐을 지우고
무언가 아쉬움을 가득 남긴다

그래도 작은 것에도 감사하고
이웃에 좋은 벗이 되련다

오늘은 돌이킬 수 없지만
너에게 사랑을 싣고
내일은 예쁜 꽃으로 태어나고 싶다.

# 때가 되면

삶에
시작이 있으면
끝이 있다고들 한다

멈출 수 없는 삶
쉼 없이 가고 또 가도
끝은 보이려 하질 않는다

눈으로 확인할 수 없고
손으로 잡을 수도
가슴에 담을 수도 없는 生

때가 되면 눈으로 볼 수가 있으며
몸으로 부딪칠 수가 있고
가슴으로 맞이 할 수 있다

때가 되면 만나고
때가 되면 헤어지게 됨을 안다.

# 純바람 칼바람

세상이 왜 이래
사람들 얼굴은 이그러져
고운 모습 찾을 수가 없다

두툼한 옷 방패 되어
바늘 바람
칼바람을 막으려 하지만

따뜻한 빛을 막는 세상
높은 담장으로 바뀌어
검은 그늘을 만들어 놓고

이렇게 해라
저렇게 해라
純하게 말씀을 하지만
사람들 가슴엔 고통만 스며온다.

# 희망을 두자

아름다운 일출은 매일 희망을 주고 있지만
기적의 하루가 힘에 버거움은 가슴을 아프게 한다
큰 파고에 시달리다 지쳐가는 몸
근력이 소진되어 의욕을 잃어서일까

따뜻한 햇볕도 응원을 보내주고
세상도 곁에서 부드럽게 위로를 주는데
망부석이 되어 가고 있는 양심에
정신 차리라고 하늘은 소리 지른다

엄동에 내린 한파
하얀 칼을 휘둘러 찬 바람을 쳐내어도
큰 뿌리 내리며 고통의 열매를 준비하며
가슴 크게 열어 춤추는 나무를 보란다

큰 바위에 길이 막혀도
비포장길 돌부리에 걸려 넘어져
무릎에 상처를 내며 일궈낸 청춘
모두에게 묵직한 울림을 주던 열정
천천히 영글어가던 어제가 있었음을 기억해 보란다
세상은 날 기다려주지 않는다는 것을,

# 庚子 年을 보내며

시간은 사랑이 되어
바람 따라
구름 따라
말없이 떠납니다
아쉬움도
서러움도
미련도 없는지
참으로 야속합니다

많은 순간을 함께하며
네 것도 내 것
내 것도 네 것
호형호제하며 지냈는데
미련 없이 떠나는 것을 보면
내가 속절없이 살았나 봅니다

많이도 사랑했는데
많이도 사랑했는데

庚子 년이 미련 없이 떠는 걸 보면
날 용서 했는가 봅니다.

# 사탕

입안에 살며시 넣고
우물우물
입안 세상에 전쟁이 났다

천천히 먹으려는 이웃과
빨리 먹어 치우려는 이웃이
치고받고 육탄전이다

한없이 빨려드러가는 달콤한 상큼함에
몸 상해 가는 줄 모르고 맛있게들 먹는다
제 치아 상하는 줄
제 몸 상하는 줄 모르는지

위정자들 말과 말씀
새콤함
달콤한
사탕발림 말씀 온 누리 씨를 내놓으니

백성님들
달콤함에 줄줄이 사탕이 되어
이리 시달리고 저리 시달리는
로봇 인생 되어간다.

# 세상아

설익은 세월 그 누가 막을 수 없을까
제발 세월이 다리라도 붙잡아 주었으면
짧은 다린 긴 다리를 쫓아갈 수 없는 세상
매일같이 눌려오는 무거운 짐 허리를 휘게하고
사람들 이리 뛰고 저리 뛰고 거친 숨 몰아쉬는 우리 모두의 세상
어둠의 삶에 녹아나는 이웃들
한 말씀들은 세상이 왜 이래 가슴을 친다

오다가다 만난 인연도 아닌데
왜 이렇게들 세상 돌아가는 노랫가락에
장단을 못 맞추는 것인지 안 맞추는 것인지
불만과 불평이 넘치고 흐르는 안타까움
분노의 칼은 많은 이들에게 상처를 내고 있지만

이런들 어떠하리
저런들 어떠하리
미동의 삶에 의미는 무얼 바라는 것일까
속절없이 끌려다니는 낙엽이라도 되어
세상 구경이라도 하란 뜻인가
안타깝다.

# 등지고 살면 되나

잘난 내가 있고
못난 네가 있기에
세상이 빛을 잃은 듯하다
양보 없는 힘의 亂(난)
이런 말 저런 말들이 많다

구름 속에 빛이 숨었나
빛을 구름이 가렸나
애타게 기다리는 正義는
세상에 나오려 하질 않는다

앞서니 뒤서니 하는
빛과 어둠이 다툼이 있어 그런가 보다
"고래 싸움 새우 등 터진다"는
국민은 역시나 봉인가 보다
여기서 터지고 저기서 터지고 몰매를 맞는다

어둠과 빛은 宿命(숙명)의 앙숙인가
조금의 배려도 하려고 하지 않는 오늘

빛이 앞서려 하면
어둠이 길을 막아서는
큰 힘은 백성에게서 나온다고 하던데

정의가 달려가면
불의가 발목을 잡는 오늘에
어느 잣대에 희망을 두어야 하나

누가 正義(정의)인지
누가 不義(불의)인지
進退兩難(진퇴양난)의 칼이다.

# 나눔의 敍事(서사)

빈손으로 왔다가
빈손으로 간다는 우리네 生
누구에게나 공평하게 지워진
공수래공수거의 아쉬움

어디에 손을 내밀 때도 없다고
이놈의 팔자타령에 하늘이 무너진다

세상 모든 것이 등 돌리면
어떻게 내 것이라 할 수가 있겠는가
이래저래 억척같이 살 수밖에 없는 삶

평생을 生死苦樂(생사고락)누린다고
내 것이라 할 수가 있을 것인가
그 몸 그 생각은 그의 것인 걸

이런 말에 수틀린다
저런 말이 상처낸다
소리 높여 감정을 드러낸다

모든 것 손에 쥐면 내 것인 양
곳간에 차곡차곡 쌓아 놓아
저세상 갈 적에 가져간다고...

두 손은
제 죽을 줄 아는지 모르는지
갈퀴가 되어 끌어 모으고
썩어 흙이 될 몸뚱이 종으로 살아서야
이제 내놓으며 살았으면,

# 말과 말씀

우리말에
발 없는 말이 천리를 간다고
밤 말은 쥐가 듣고
낮 말은 새가 듣는다 한다

말 한 마디가 천냥 빚을 갚는다 한다
잘 다듬어진 말의 가치다

말에는 무게가 있고
힘이 있고
비싼 것이 있고
저렴한 것이 있으며
떠다니는 가벼운 것이 있다

말씀에는 용기가 있고
사랑이 있고 희망이 있다

말씀에는 단맛이 있으며
쓴맛도 있다.

# 희망

오늘을 보내야 하는 것에
섭섭하고
아쉬움이 있고
허전하고
뒤돌아보게 한다면
내일은 변화가 올 것이다

힘들었던 많은 시간이
하나둘 떠나며 들려주는
힘들었던 오늘
행복했던 오늘
소소한 이야기는 지친 육신을 쉬게 한다

밤을 기다린다는 것은 쉬라는 것이요
오늘을 마무리하라는 것은 기쁨을 드리는 것이요
예쁜 꿈을 꾸라는 것은 내일을 준비하란 것임을 안다

이 밤의 고요함
밤차 소음은 가셨지만
이따금 들려오는 배달 오토바이 힘찬 소리
왠지 싫지 않음은 무엇일까.

# 사랑이라면

소나기 오듯 쏟아지는 사랑
바람과 같이 스치는 사랑
이슬비 내리듯 촉촉한 사랑
안개 유영하듯 포근한 사랑
봉사하는 이웃 사랑

그리고

쉼 없이 내리는 하느님의
일방통행 사랑.

# 젊음아

세상이 부른다
기운찬 젊음아

한 사랑 너에게
누군가 너에게
무엇을 주었나
기대를 말아라

도전은 힘이다
젊음도 힘이다
사랑도 힘이다
가슴속 세상속
심어진 젊음아
앞으로 나가자

오늘에 패기를
젊음을
비전을
여기에 내놓자
세상에 내놓자.

# 정점

子息(자식)은
필요해서 안아주고
보기 싫어 팽개치는
장난감 같은 존재가 아니다
자식은 희망이다
꺾지 말아야 할 사랑이다.

# 기적의 꽃

삼신 할매 자식들 점지해 주시고
부모님 몸 하나로 하여 세상에 왔다
가랑잎 떨어지는 소리에도 조심하라며
내게 조용히 다가와 하얀 향기를 낸다

골짜기가 깊고 어둠이 길을 막아도
그네 타고 다가와 살포시 내게 안긴다
하늘이 내린 귀하고 소중한 선물임에
포근하게 싸인 포대기에는 축복이 내린다

길가는 나그네가 길을 묻는 것에 답을 주듯
꿈이 있다면 무엇이 있는지 자세히 찾아내어
아름다운 그 길을 앞장서 함께하는 삶에 동지
복된 길에 동반자이며 우리는 부모 관계이다

태몽 속에 넌 아들 넌 딸을 예견했던 환희
소망을 빌어 건강한 자식을 얻게 해 달라며
하늘의 천지신명께 두 손 모아 정성을 올렸고
헤아릴 수 없는 경쟁을 뚫고 가족의 연을 맺은
오늘에 너는 세상에 왔으니 참으로 귀한 꽃이다.

# 고향

조금만 시간을 내면 닿을 수 있는
멀지만 가까워진 고향인데
아득하게 멀게 느껴짐은 왜일까
손을 뻗으면 닿을 듯한 그곳
고향,

자주 갈 수는 없지만
생각하면 설렘은 왜일까
울컥거림은 왜일까
바람 따라
구름 따라 떠나 온 긴 시간이
나를 찌들게 했던 것일까

가슴 한구석
마음 깊은 곳에 존재하는
주마등이 되어 흐르는
천진난만하게 살아온 쉼터
그리운 어머니 품속이 되어
언제나 달려가고픈 곳
고향,

# 나이론양말

얼어붙은 하얀 평야
얼음 썰매를 타다 보면
검정 고무신 속은 얼음장이다
물에 젖기도 하고
얼음 가루에 범벅이 되기도 한다
작은 발을 감쌌던 나이론양말
축축하게 물어 젖어 든다
발가락은 홍당무가 되고
동동거리며 방 천 둑에 불을 놓는다
발을 녹이며 따뜻해지면
나이론양말은 불에 타고
뒤꿈치와 발가락에 널따란 구멍을 만들어 놓는다
발 시린 것은 가셨지만 양말을 태워 먹었으니
어머니의 무서운 모습이 나를 두렵게 했다
어머니는 뻥 뚫린 양말을 깁고 또 기워 주셨고
몇 번을 기워 신었던 두꺼운 나이론양말
지금 생각하면 저만치에서부터 빨간 웃음이 나온다.

# 눈이 오면

하얀 눈이 펑펑 내렸지요
무릎을 덮을 정도로
많은 눈이 왔지요
하얀 세상은 모두가 부자입니다
하얀 쌀밥이었으면 하는 마음이니까요
검정 고무신 바닥에 붙은 하얀 눈이
하얀 백설기 떡처럼 보일 때가 있었지요
잠시나마 침을 삼기며
허기를 잊을 수가 있었지요.

# 보릿고개

먹을 것이 없어
배곯을 때
이웃이 내 식구일 때가
나 어릴 적에 있었지요
너도 나도 양식이 부족한 때
서로서로 나눠 먹던 그때
산천이 곡식이며
들과 산이 밥상일 때가 있었지요
어머니 밥 동양 하러 가시면
한술 밥이라도 나눠주며
동냥 그릇에 먹을 것을 담아주던
나눔의 이웃사랑
그때가 있었지요
고맙습니다
고맙습니다
어머니 동냥 밥에 허기 채우던
먼 옛날
오늘
.
.
어머니 배고파요.

# 우리는 한 몸이다

우리는 어찌할 수 없이
한 땅 위에 옹기종기 살아간다
너도 좋고
나도 좋고
모두가 좋아
한 공동체에 몸을 내어
한마음
한 생각
한뜻으로 살아가려고 한다
네가 슬퍼하면
내가 안아주고
한세상을 살아보려고 한다
기쁠 때나 슬플 때
서로 동무가 되고 동행을 하려 한다
우린 부족하고 나약하다
네가 부족하면
내가 채워주고
네가 나약하면
내가 힘이 되는
우리는 한 몸이다.

# 달맞이 꽃

고향 방 천
가득 메웠던 노란 꽃
짙은 향기에
노란빛 꽃잎이 유난히도 맑았던 달맞이 꽃
지금도 잘 있을까
지금도 피고 지며 고향을 지키고 있을까
이제
여름이 되어가면
우리집 마당에도 피고 진다
많은 시간이 지나 갔지만
고향 방 천에서 씨앗을 담아 왔고
향기와 추억도 옮겨왔다
한 때이지만
너를 맞이 할 때면
고향 방 천에서 뛰어놀던
동무들을 보는 듯하여 행복하다.

# 구슬치기

이 주머니 저 주머니에 들려오는 소리
철렁철렁
유리구슬 소리입니다
어릴 적엔 구슬치기 많이도 했지요
주머니에 가득 들어 있는 구슬
그중에 제일은 쇠 구슬입니다
쇠 구슬을 만지작거리며 기회를 노리던
그 쇠 구슬 하나면
그것도 큼직한 쇠 구슬 하나면
나와 있는 구슬은 모두 내 것이지요
어느 구슬도 쇠 구슬을 이길 수가 없었지요
그렇지만 쓸 수가 없었지요
반칙이니까요
묵직한 쇠 구슬
누구도 물리칠 수 없는 쇠 구슬
누구든 쇠구슬을 사용하면 반칙입니다.

# 꽃을 닮은 사람

무슨 꽃이든 좋다
한 송이
한 사랑
서로 안기고
안아주는
꽃동산이 되었으면 좋겠다
아름다움에 붙여진 이름 꽃
아름다움으로 내놓는 향기
구구나 꽃이 될 수가 있을까
누구나 꽃을 닮을 수가 있을까
누구나 향기를 낼 수가 있을까
너도
나도
모두가 꽃을 닮았으면 좋겠다
향기를 낼 수가 있으면 좋겠다
나는 너에게 향기를 주고
너는 나에게 향기를 내놓는
향기로운 삶이었으면 좋겠다.

# 어머니 생전에

어머니 가슴에 드려
꽃잠을 청하고 싶다
세상의 모든 것을 훌훌 내던지고
그냥 안기고 싶다
편안하게
포근하게
어머니 품속에서 꿈을 꾸고 싶다
옛날 뒤 동산에
연분홍 진달래를 꺾던
동무들과 술래잡기를 하던
어린아이로 돌아가고 싶다

어머니 품속에 선
오늘도 아이가 되고 싶다
어머니 치맛자락에 매달려
졸졸 따라다니던
말썽 피우며 얘 태우던
장난쟁이가 되고 싶다

보고 싶은 어머니
오늘은 꽃가마 타고 가신 어머니
담엔 구름 타고 오세요.

# 福은 저절로 굴러들어온다고

글쎄요,
복은 다리가 없습니다
복은 찾아야 합니다
복은 내게 내리도록 노력을 해야 합니다
복은 나눠주어야 내복이 손톱만큼 떨어집니다
복은 날개도 없습니다
복은 가난한 이에는 절대 오지 않습니다
복은 부자에게만 내립니다
부자는 내놓을 것이 많지만
가난한 이는 자체가 복이니까요,

# 삼복더위의 노래

아이고 더 부라

아이고 더 부라

하늘의 구름은 어디에 가셨나

방패도 없는데

불화살은 세상을 행해 쉼 없이 쏟아붓는다

길가는 바람도 땡볕에 장단을 내고

아스팔트는 빤짝빤짝 빛이 난다

이 동네 저 동네

에어컨 바람

선풍기 바람 놀이터가 되어 신이 나고

길가는 이웃들 비명을 질러 된다

더 부라

아이고 더 부라.

# 8월은

동그라미가 둘
둘이 하나가 되는 사랑의 계절
동그라미 둘 一心同體
떨어지려고 생각을 앉는다
완벽한 하나다

동글동글
無에서 有를 키워내는
아름다운 사랑의 계절

아름답고 소중한 生
낮은 사람
높은 사람
가난한 사람
부자인 사람
세상 모두가
동그란 마음 8월을 닮았으면 좋겠다.

# 복숭아를 보며

임을 닮았나 보다
연분홍 저고리 다홍치마
연지 곤지 청랑한 향기
풍만한 자태
자연이 내놓은 자연미인이다

한 개 따서 물에 씻어보니
빤짝빤짝 빛이 난다
군침은 돌지만
어찌 먹지
어찌 먹어
이리 귀한 것을

망망 하늘
청량한 햇살을 닮았나
임의 고운 마음을 닮았나
참으로 곱다
맛도 예쁘겠지.

# 어머니와 참외

내 어릴 때
어머니와 참외 팔러 갈 적에

어머니는 광주리 가득 담아서 머리에 이고
나는 한 자루 넣어 등에 지고

어머니는 머리에 이고
아들은 등에 지고
이 동네 저 동네를 걸어서 참외를 팔러 갑니다

어머니는 쉴 수가 없습니다
참외가 너무 무거워
혼자서는 머리에서 내릴 수가 없었고
아들도 쉴 수가 없습니다
앉다보면 참외가 퍽 깨지니까

팔아주는 집에 들으면
그분이 내려주시고
나는 어머니가 등짐을 내려주십니다
이때
우리는 쉬었습니다
우리는 허리를 폈습니다.

# 가을로 여행

여름의 모퉁이를 돌면
스치는 바람의 맛이 다르다
시큼 텁텁한 맛이
조금씩 가셔지는 요즘에 왠지 긴장이 든다

혹시
어찌 될지 모르는
변화무쌍 날씨의 행태
마음 놓을 수 없는 힘의 장난
속수무책 당하고 살았던 것에 두렵다

가을이 오려나 보다
향기가 난다
몸으로도 느껴진다
그렇다고 안심할 수가 없다

이제 지쳐간다
오랜 시간 긴장의 열풍
땀과의 전쟁
이제 휴전을 했으면 좋겠다.

# 蓮 (연꽃)

침묵의 세상에서
귀한 손님이 오셨습니다

연분홍
연지 곤지 곱게 단장하고
세상을 찾았습니다
지하 세상에서는 기적을 내놓았습니다

바깥세상은 침묵 중입니다
검은 장막에 가려져 있습니다
공기도 검은색입니다
사람들 생각도 가슴도 병들어 갑니다
숨이 막혀 소리칩니다

목욕재계하고
예쁘게 차려입고
마중을 하러 갈 사람을 찾고 있지만
세상은 오늘도 시끄럽습니다
塵 土 (진토)가 되기 위한 큰 걸음입니다.

# 삶의 길목에

생의 길은
우리를 슬프게도 하지만 기쁘게도 한다

내가 너의 가슴이 되고
너는 나의 기쁨이 되는 한 삶에

조그마한 티끌일지라도
소중하게 받아주고 간직하는
아름다운 우리가 되어야겠다

오늘은 그때가 아니더라도
노력하고 바라는 희망 속에
우리의 생은 예쁘게 익어갈 것이다

버리기보다는 포용하는 삶
등 돌리는 아픔이 가득해도
용서하는 오늘을 만들어 내야겠다.

제목 : 삶의 길목에
시낭송 : 박영애
스마트폰으로 QR 코드를 스캔하면
시낭송을 감상할 수 있습니다

# 고독

그곳엔 무엇이 있을까
고요하다
평온하다
외롭다
스치는 바람도
초록 노래를 부르는 풀잎도
저 하늘 떠다니는 구름도
한 줄기 햇살도
길을 떠나는 나그네도
소리 없이 침묵을 지킨다

나를 등지고 있는 것이 아니다
조용히 지켜보고 있다
내가 다가오기를,

# 날벼락

어찌하라고요
날 두고 가는 님
뭔가 섭섭함이 계신가요
어제 새벽도 숫닭이 울었는데
새로운 새벽이 밝았는데
가신다니요
어딜요
날 두고 가지 마오
오늘 밤도 별님들이 꿈벅꿈벅
밤하늘을 지키는데 어딜가오

앞뜰에는 거미줄을 쳐놓고
뒷뜰에는 참새들을 불러모아
보초를 새워 두었지요
하얀 종도 걸어 두었지요
바람에 지나가면 흔들어 달라고

가지 마오
가지 마오
저 산 너머 무엇무엇 있는지요.

# 나도 가을이 되어간다

참으로 좋은 계절이다
손만 내밀면 모두가 한 아름
풍성함은 가슴을 긴장하게 한다

시원한 바람에 이끌리는
이른 새벽 풀잎에 맺히는 이슬
깨끗하기가 어머니의 정화수이다.

이슬 한 방울 행복이 되어
모두의 가슴에도 맺었으면 좋겠다
소중한 보석으로

비 오듯 쏟아지는 햇볕 사랑
신나게 두들겨 맞았으면 좋겠다
가슴 응어리 좀 풀리게

가을이 누렇게 익어간다
나도 가을이 되어간다.

# 오늘을 처음처럼

우리는
오늘 다시 태어났습니다
북 치는 소리 쿵 쿵 쿵
가슴으로 스며드는 맑은 공기
펼쳐지는 새날
또 기적을 맞이했습니다

비린내 나는 어제는 없습니다
마음 상했던 어제는 없습니다
슬펐던 어제는 없습니다
고통스럽던 어제는 없습니다
어제는 소리 없이 사라졌습니다

빨간 햇살 한 가닥
내 심장을 뚫었습니다
붉은 피가 솟아오르며 출발을 명합니다

지칠 줄 모르는 희망으로 가슴을 크게 열었습니다
세상이 내게로 달려옵니다.

# 말씀의 힘

사람은 말했다
예쁘게 생각하면 예쁜 말이 나오고
나쁘게 생각하면 나쁜 말이 나온다
입에서 나오는 말이라도
행복을 주는 말이 있고
슬픔을 주는 말이 있다
소중한 말씀 한마디는
사소한 것이나 소중한 것이나
버릴 수 없는 삶에 지표가 된다

무엇이 중요 한 것이라기보다
어떻게 받아들이며
말씀 속에서 나의 무게를 찾고
말씀과 함께 사는 것이다
말씀에는 온기도 있고
사랑도 있고
슬픔도 있으며 평화도 있다
고운 말씀은 우리를 배신하지 않는다.

# 달덩이

달아
요즘 너도 매우 힘들지
네가 보고 있는 세상도 그래
코로나와 다툼으로
모두가 힘들어 지쳐 있어
오늘은 추석 명절인데 마음이 무겁구나
너도 행복하고
나도 행복하고
세상도 함께 행복해야 하는데
그렇질 못하니 마음이 아파
달아
나 힘낼게
너도
힘내어 더 밝게 비추어 줄래
소원이라도 말하게,

# 고맙다고 말해보자

비 오듯 쏟아지는 햇빛을 만져보자
사랑을 느껴보자

새날 기적을 내린 오늘에
한 가슴 고마움을 느껴보자

소리 없이 다가와
숨을 주는 공기에 고맙다
인사를 나누어 보자

긴 여정 옆에 있어 준 너에게
고맙다고 말해보자

굴곡이 심했던 어제
따뜻한 손을 내준 너에게
고맙다고 말해보자

쉬지 않고 건강하게 세상을 가는 내 몸에
고맙다고 말해보자.

# 술이라는 놈

술은 먹어 본 사람만이 안다
그 맛을

낮술도
강술도
먹어 본 사람만이 안다
그 멋을

술이란
본디 취하려고 먹는다
틀린 말은 아니다
기분 좋아지라고 먹는다
이것도 맞는 말이다

술은 먹어 없애려고 먹는다
세상에 있어서는 안 될 놈이기에

술 먹고 죄를 저질러도 정상참작이 된다고
돌아서서 미소를 짓는 덜된 사람도 있다

낮술에 취하면
부모도 알아보지 못하는 아주 고약한 놈이다

술 꼬임에 넘어가면
세상 사람 모두가 곱고
아름답게 보인다는 말도 있다
이때는 멋진 놈이다.

# 꽃동산

정겹다
가정이란 것
동그란 테두리 안에
말 한마디
행동 하나가 정이 넘친다

아기일 적부터
성장하는 오늘에 이르기까지
한숨 쉼 없이 달려온 날들은
하나같이 정겨운 사랑의 결정체이다

사랑의 우물
오랜 친구
마침 없는 행복
시련의 시간속에 만들어진 삶
아름답다
사랑이 시작되는 곳
평화롭다
쉬고 싶다.

# 빛의 자녀로

일상 속에 삶을 맞이하며
가득하지 못한 아쉬움
어떤 것들이 있나 뒷장을 넘겨봅니다

하나하나 떨쳐내는 어제
용서와 반성을 내어 드리며

값찬 은총
빛으로 태어난 영혼
소리 없이 내리는 소나기 사랑을
내 마음은 곱게 정화하여 맞이합니다

사랑이 채워주는 평화
빛이 되어 내리는 영광
뜨겁게 맞이하며 드리는 환희
오늘도 가득히 채워지는 희망입니다.

# 봉사하는 사람 2

한번
두 번
세 번들 어도
언제든 기분이 좋다

날 필요로 하는 곳
어디에든 달려가는 준비된 마음은
예, 여기 있습니다

긴 시간
몸에 묻어나는 향기
땀 냄새

이웃사랑에는 우선이 없는 발걸음

오늘도
날 부르는 사람이 없을까
가슴이 뛴다.

# 호형호제

하하 형님 오셨군요
호호 동생 오셨는가
형님 있어 믿음 있고
동생 있어 든든하네
갈 길 멀어 적적한데
형님 계셔 힘이 나고
동생 있어 흥이 나네
우리 같이 험한 산길
우리 함께 넘어 보세
가다 보면 고통 있어
힘들었고 괴로워도
형님 계셔 위로되고
동생 있어 행복하네
우리 함께하세
우리 같이 가세
저 고개도 함께 넘고
저 개울도 함께 건너
우리 사랑 보여주세.

# 공존

여기가 사람이 사는 곳
자연이 살아 숨 쉬는 곳
스스로 태어나고
스스로 자라나는 곳
하늘과 땅이 스치는
바람
햇볕
사람이 공존하는 곳
아름답다
평화롭다
사랑 소리가 들린다
흙냄새가 난다
사람들 사랑에
잠에서 깨어나는 들녘에 곡식
기지개를 켜며 허리를 편다
행복한 오늘
복된 오늘
두 팔 크게 벌려 어서 오란다
붉어지는 노을에 내일을 담으란다.

# 양파 껍질을 벗기며

어둠의 땅속에서
침묵의 공간에서
긴 수련 속에 단디 훈련을 받았나보다
단단하기가 돌덩이다

겉으론 볼품이 없지만
한 겹 벗겨낼 때 내놓는
순백의 속살에
순결의 아름다움은 사랑이 되어
모두의 가슴에 겹겹 녹아있는 듯하다

껍질을 벗겨낼 때
눈물을 내놓게 하여
삶에 길을 주는 양파
이제 반성의 삶으로 돌아가란다.

# 사람들아

우리는 어찌할 수 없이
한 땅 위에 옹기종기 살아간다
너도 좋고
나도 좋고
우리 좋아
한 공동체에 몸을 내어
한마음
한 생각
한뜻으로 살아가려고 한다
네가 슬퍼하면
내가 안아주며
한세상을 살려고 한다

기쁠 때나 슬플 때

서로 동무 되고 동행을 하려 한다

우린 부족하고 나약하다

네가 부족하면

내가 채워주고

네가 나약하면

내가 힘이 되는


한 몸이다

동지다.

# 눈을 감아보자

자연에 순응하며
종속이 되었을 때
삶이 불편한 것은 왜일까

주위를 살펴보면
모두가 커다란 바윗덩어리
오를 수 없는 절벽
건널 수 없는 큰 강이 있다
왜일까

삶에 큼직한 일들이 많고 넘치는데
왜, 세상이 좁다고들 하는지
할 일도 많고 이룰 일도 많은데

세상을 모두 눈으로 볼 수도 없다
가슴에 넣을 수도 없다
아픔을 주고 흉터를 내는
세상에 대한 부정일 수도 있다
이제 눈을 감아보자.

# 소원

하루가 모두 밤이었으면 좋겠다
하얀 하늘에
노란 미소를 주는 달님이
사랑하는 여인이었으면 좋겠다
파란 밤 하늘에
별을 헤아릴 수 있다면 좋겠다
별 만큼 사랑하게
까만 하늘에 나를 향하는 별똥
내 소원도 이루어졌으면 좋겠다.

# 쉼터

한여름 땡볕 속에
시원한 그늘을 찾았습니다

쉬어 가고 싶습니다
하얀 그늘이 되어 주시겠지요

이마에 촘촘히 흐르는 땀방울
시큼한 구슬이 되어 떨어질 때
시원한 바람이 되어 주시겠지요

시련의 고통이 날 아프게 할 때
살짝 않아 주실 수 있겠지요

가슴에 녹아있는 씁쓸했던 어제
오늘은 달콤하게 해주실 수 있겠지요.

# 아름다운 생

사람들은 이렇게 말한다
마음이 고와야 한다고
옳은 말이다
마음이 고와야 하고
생각도 고와야 한다고 한다
고운 마음에서 고운 삶이 시작되기에
잘 익은 과일도
어느 것은 닳고
어느 것은 새콤하고
어느 것은 쓴맛을 내고 있지만
모두가 고유의 품위가 있다
사람도
겉으로는 고운 사람
속으로 고운 사람이 있다
모두가 마음에 따라 길이 갈린다
부자가 베풀면 가난한 자
가난한 자가 베풀면 부자이다
나는
어떤 사람일까.

# 모두가 내 탓

어둑해질 때면
오늘을 잘 보냈는가
지난 시간을 뒤돌아
반성도 하고
격려도 하며
주어진 내 날에 고마워한다

오늘의 삶이
나에게
너에게 소홀함이 없었는지
주어진 작은 일에도 최선을 다했는지
나는 어디에 중심을 두었는지
어디에 가치를 두었는지
누구 원망은 하지 않았는지
하나
둘
셋
모두가 내 탓입니다.

# 사랑의 나래

햇살이 비가 되어 내려옵니다
저 높은 곳에서 아낌없이
여기 낮은 곳까지
쉼 없이

사랑도 함께
은총도

빛이 닿는 곳마다
가슴에는 꽃이 피고
솔바람이 놀러 오고
행복을 이야기합니다

오늘도 고맙다고
고운 하루였다고
.
.
그리고
사랑한다고,

# 소원

하루가 모두 밤이었으면 좋겠다
하얀 하늘에
노란 미소를 주는 달님이
사랑하는 여인이었으면 좋겠다
파란 밤 하늘에
별을 헤아릴 수 있다면 좋겠다
별 만큼 사랑하게
까만 하늘에 나를 향하는 별똥
내 소원도 이루어졌으면 좋겠다.

# 내 나이는 몇 살

오늘도
쉼 없이 세월을 먹는다

별맛 없을 것 같아도
맛있는가 보다

못 먹는 사람도 없고
안 먹는 사람도 없는

먹지 않으려
발버둥 쳐봐야 헛수고다

멈출 수도 없지만
막을 수도 없다

눈에도 보이질 않아 잡을 수도 없으며
단단한 끈으로 묶어 놓을 수도 없다

서로가 비껴갈 수 없는 짝사랑 사이
포기할 수도 없는 관계이지만
이루어질 수 없는 사랑이기도 하다.

# 하얀 손수건
-아픔의 6.25, 70週年에-

어제와 다름없는 하늘과 땅, 빛과 공기
모두가 변함없이 오늘도 제자리를 지키고 있는데
기다란 끈에 꽁꽁 매여 끝이 나지 않은 민족의 고통
누구도 잘 못을 인정하지 않는 너
가슴에는 찬바람만 왔다 갔다 길을 열고 있다고 하지만
깊게 난 상처에는 치유를 잊고 살고 있다

세상을 밝히고 응어리 뭉친 커다란 가슴에
어제의 슬픔은 차곡차곡 곳간에 숨겨두고
오랜 시간을 침묵 속에 간직해 온 너

한 줌 한 줌 세상에 버리고 또 버려도 남아있는
고통의 상처는 더 깊은 곳으로 내몰리어 갈 때
길 떠나는 하얀 구름에 딸려 보내고 싶지만
깊은 골짜기 어두운 곳에 자리 잡은 너는
오늘도 빛을 거부하며 등지고 있다

세상은 평화를 가득 누리고 있는 듯한데
슬픔의 눈물을 가득 담은 하늘에 하얀 구름
무거운 발걸음은 가다가 멈춤을 반복하며
곧이라도 눈물을 쏟아내려 하는 것은 왜일까

어제도 오늘도 반복되는 같은 시간의 만남 속에
우리의 가슴에 맺힌 슬픈 이야기를 잊으려 하는지
순간에도 뒷걸음치며 지나치려는 것에
무슨 연유인지 어찌할 수가 없는가 보다

70年 시간의 골은 점점 깊어가며
아픔의 시간을 몇 겹의 마음에 간직해온 恨은
선열께서 내놓은 일편단심 민족사랑 곱게 쌓여
하얀 손수건엔 파란 피멍이 되어 오늘에 이르고

무엇으로 대신 할 수 없는 민족 분단의 슬픔
고통과 함께 내놓는 눈물은 붉은 띠가 되어
산천 굽이굽이 용서와 화해가 녹아있는
평화통일아 어서 오라 한다.

# 완두콩 가족

완두콩 한 자루 퍼내 놓고
두 손은 완두콩과 씨름을 한다

어느 것은 여덟식구 대가족
어느 것은 두 식구 핵가족
큰집은 큰집대로
작은 집은 작은 집대로
모두가 화목한 가정이다

핵가족은 알콩달콩
대가족은 시끌벅끌
모두가 행복하다

한 포대기의 완두콩
껍데기는 껍데기대로
알콩은 알콩대로 모으고
완두콩 까기는 끝이 났지만

완두콩 가족이 보여주는 사랑과 평화
모든 가정이 함께했으면 좋겠다.

# 방울토마토의 꿈

씨를 뿌리지도 않았는데
모종도 하지 않았는데
마당 여기저기 흙더미에
이른 봄부터 방울토마토가 싹을 내놓기 시작했다

봄에는 열심히 키워내더니
여름 내내 가지가 휘어지도록 많이도 달아놓았다
보기만 봐도 군침이 도는 상큼한 방울토마토
가을이 가까워 잎사귀는 약간 갈색을 띠었지만
쉼 없이 꽃도 피우고 열매를 내어놓고 있다

지금은 깊어가는 가을인데도
끝의 잎사귀 몇 곳엔 아직도 청춘 파릇파릇하다
줄기잎은 뜨거운 햇볕을 견디지 못해 검게 타버려
바스락 부서지는 아픔을 겪으면서도 참아 내며
방울토마토를 더 내놓으려 애를 쓴다

줄기 끝에는 콩알 같은 것부터
새알 같은 것까지 조롱조롱 많이도 달아놓았다
바람도 차가운데 익을 수 없음을 아는지 모르는지
튼튼한 줄기를 믿고
지금도 제모습이 청춘인 줄 알고 있는 듯 하다.

# 삶이 익으면
# 모두가 부자

류동열 시집

2021년 10월 8일 초판 1쇄
2021년 10월 11일 발행
지 은 이 : 류동열
펴 낸 이 : 김락호
디자인 편집 : 이은희
기 획 : 시사랑음악사랑
연 락 처 : 1899-1341
홈페이지 주소 : www.poemmusic.net
E-Mail : poemarts@hanmail.net

정가 : 10,000원
ISBN : 979-11-6284-319-2